ハヤカワ文庫JA
〈JA1431〉

100文字SF

北野勇作

JN104092

早川書房
8515

1 0 0文字SF

娘と月刊漫画誌を買いに商店街へ。もう売り切れてるかも、と心配そうな娘に私は笑って、大丈夫、いざとなったら昨日の商店街へ買いに行こう。するとすっかり成長した娘の声が、ああ、昔よくそんなこと言ってたねえ。

勇敢な人間たちは武器を取って戦い、人間と武器は全滅して楽器だけが残った。だからこんな晴れた秋の日には、息が必要な楽器によって必要な分だけ人間は再生してもらえるのだ。まあひとつのハッピーエンドではある。

火星を目印にすれば複雑な路地を抜けて簡単に帰宅できると聞いてずっとそうしてきたのに、火星だとばかり思っていたあの赤い星が火星ではなかったことを知り、ここが私の家ではなかったこともわかって、今さら困る。

定期的に襲ってくる人食い巨大怪獣への対策として行われたのは人を巨大化する計画。誰かひとりが巨人となって戦う。勝てるんですか。勝てなくても、今回から食われるのはひとりで済むだろ。あんなに大きいんだから。

洗濯機が次々に空へ舞い上がる。

脱水槽を回転させる力をすべて、飛行に向けたのだ。たっぷりと水を含んだまま地上に置き去りにされた洗濯物たちは、空を見上げて乾きの時を待つしかないが、そこへ雨季がやってくる。

　千年ほど前、この坂の下は海で、風の強い日にはここまで波の飛沫がとどいたものだ。隣で亀が言う。まあ亀が座って喋っていることに比べれば、海岸線の後退くらい誤差の範囲内、とは思うが、本当に万年生きるんだな。

滑り台として使う斜面を得るため、山を造ろうとしたのです。しかしこの世界には上限があることがわかったので、掘り下げてみました。でもそちらにも限界があるようですねえ。次は、重力の操作による方法を試みます。

いざというときのために抜け穴を確認しに来たのだが、公園の隅にある入口には長い行列ができていて、順番はなかなか回ってきそうにない。前はこんなことなかったのにな。どうやら皆、そろそろだと思っているらしい。

かつての校舎は、もうない。なのに黒板は残っている。壁も柱も、支えるものなど何もないのに、更地に黒板だけが浮いている。もしかしたら、ここにあった小学校とは関係なく、もっと前からここにあったものなのかも。

水筒の中に何かがいる。口から覗いてみたら向こうもこっちを覗いていた。逆さにして振ってみたが水筒の内壁に手足を突っ張って出てこない。熱湯を入れても平気らしい。それならまあ、何も入ってないのと同じことか。

あの金属の塔、じつは正義の巨大ロボットなのだ。だがもちろん真の危機が迫るまでその正体は秘密である。だから時が来るまで秘密を守って待ち続け、待って待ってついに待ちきれなくなったぼくは、悪の博士になった。

どんな包装紙も大切にとっておかずにいられない母なのだ。もったいないから、と捨てないのだが、いつ使うんだ。万事がその調子だから、実家の押し入れにはぼくたちの抜け殻がすべて押し込んである。いつ使うんだよ。

花瓶の中で妖精らしきものが溺死していた。背中に透き通った翅のある絵に描いたような妖精だ。事情はわからないが、恨みでもあるのか毎晩化けて出る。井戸から出るように花瓶から出る。妖精だけあって幽霊も綺麗だ。

近所に猿が出たと聞いた。近くに山はないから飼われていたのが逃げ出したのか。公園の砂場に足跡。商店街に糞。裏の塀の上に手形。確実に近づいてきている。自分の腕を見ると、いつからかずいぶん毛深くなっている。

嵐の翌朝、海岸で神様を拾った。

神様は蛸に似ている。というか、蛸そのもの。それでも自分は神様だ、と主張する。たとえ火あぶりにされようとも意見を最後まで曲げなかったその態度はなかなか立派だ。うまかったし。

急坂にある商店街だ。商店街全体が少しずつずり落ちていくから、いちばん上には空き地ができる。そこに新しい店が入る。坂を下れば下るほど左右の店舗は古くなる。いちばん下がどうなっているのかは、誰も知らない。

モノレールで行く山の上の遊園地だった。子供には夢のような体験で、夢だったのでは、と今も記憶を疑うほど。だが現実であった証拠に、あの軌道と支柱の残骸は今もあそこにあって、それもまた夢のような風景なのだ。

生乾きのコンクリートに足跡がついている。猫ではない。犬でもない。二足歩行のようではあるが、人でもない。それはいいのだが問題は、その足跡が踏みつけているのが三葉虫、しかもまだ生きているということなのだ。

妻と娘がそろって工場へ。おせち料理を作るために行くのだという。それで工場へ、というのがじつはよくわからないのだが、彼らにもいろんな事情があるのだろう。嘘をついてはいないはず。そういう機能はないからな。

生きた恐竜のいるパークです。この恐竜たちは、駝鳥に遺伝子操作と特殊メイクとコスプレを施して作られました。わあい、図鑑で見た恐竜がいっぱいいるぞ。おや、あそこにいる変な恐竜は何ですか？　あれは駝鳥です。

一種のヘルメット。あなたの頭を守ってくれます。とてもいい。うんうん、たしかに装着してるあいだはね、ちょっと吸われますよ、中身を。好きなんだよね、吸うのが。それはまあ、好きだから守ってくれるわけだしね。

ダムの底には村が沈んでいて、今も大勢の村人が暮らしている。交渉は相変わらず平行線だが、最近、村には子供が増えた。水力発電所の水車によく子供が挟まるのは、町の小学校へ行くのに近道しようとするかららしい。

ずどんと正面からぶつかった。

バグの類ではなく物理的な現象である証拠に、またディスプレイが割れている。自動車でも電車でも飛行機でも、何かを操縦するゲームをしていると必ず飛び込んでくるこの男は何者なのか。

見上げる空の青が濃い。今まで何を見ていたのかと思うほど。そのまま地上に目を落とすと、なんとすべてがくっきりと鮮やかだ。爆発するような幸福感に満たされたそのとき、上司に言われる。君、なんだか影が薄いぞ。

シャボン玉の中で暮らしている、と言うと間違われることが多いのだが、膜で作られた球体の内部ではなく球を作っている膜の中である。すべてが虹色に輝く薄っぺらな世界で虹色に染まりながら薄っぺらに暮らしている。

家の前に何かが立っている。回覧板だ。廃止されたのではなかったか。どうやら自分で町内の情報を集めたらしいな。そういう能力はあるようだが、まあどうでもいいことしか書いてない。しかし、チャイムくらい押せよ。

古道具屋で買ったロボットをいじっていると突然、異星のお姫様の姿が宙に浮かび、助けてください。さっそく冒険に旅立とうとしたそのとき、ロボットに電池が入ってなかったことに気づく。ＳＦじゃなくてホラーかよ。

枕の中に誰かがいて毎晩つぶやいている。羊を数えているのだ。眠れないのだろうな。しかし羊など数えて本当に眠れるものなのか。確かめたいのだが、いつもこちらが先に寝てしまうので、眠れたかどうかはわからない。

まず、座布団だけがある。その上にいろんなものを作る。地面を作る。昼を作る。夜を作る。長屋を作る。大家を作る。店子を作る。町を作る。街道を作る。狐と狸を作る。最終的には、一人前の落語家にまで育て上げる。

不法投棄されブロック塀に立てかけられたままの黒板にチョークで折れ線グラフが描かれていて、これが度々更新されるのだ。X軸は日付だが、Y軸は何なのかわからない。とにかく明日、何かが急角度で落下するようだ。

青いボールがまた大きくなっている。いつからあるのかなあ。いつからか部屋の隅にあった。いや、たぶんずっと前からあった。それがだんだん大きくなり、ある大きさになったので、そこにあったことに気がついたのだ。

地面にやたらと林檎が落ちているのは、それが万有引力の存在を象徴するものだからか。まあわかりやすいと言えばわかりやすい。そのくらいしないとつい忘れてしまうのかも。目に見えないものを信じ続けるのは難しい。

この年齢になって初めてエロ同人誌に参加するなんて思わなかったよなあ。いやむしろ、この年齢だから、なのか。乗っている肉体の衰えを感じて、乗客が逃げ出そうとしているのかも。救命ボートで脱出するみたいにね。

子供と大人は、じつは別の生き物。まず、子供が大人に寄生され、その体内に棲みついた大人が成長する過程で、宿主だった子供は栄養分として大人に吸収されてしまい、最終的に大人が残る。という話を子供から聞いた。

いつからか日傘が必要な冬になった。必要、と言うより、当たり前、になったのか。他にもいろんなことが変わってしまったなあ。でも退屈すると日傘をぐるぐるやるのはあいかわらずで、そのとき浮かぶ夏の風景も同じ。

嘘みたいに早く日が暮れる。冬になり日が短くなったせいかと思っていたがそうではなく、西の台地が高くなったからだ。皆、まだ気がついていないようだが、さすがに春になれば気づくはず。だから春はもう来ないかも。

級が上がると頭の中で作った算盤を頭の中で使えるからね、と娘が言う。へえ、もうそんなことまでやれるようになったのか、と感心すると、もうずっと前からやってるよ。今は頭の中にその算盤を使うヒトを作ってるの。

壁新聞が貼り出されるこの壁は、ベルリンの壁と同じ頃に作られたという。壁新聞にはいろんな記事が載っている。大抵は近所で起きた事件だ。河童が目撃されたとか、UFOが墜落したとか、人類の生き残りがいるとか。

月世界に行く方法は教わったのだ。たしかに教わったのに忘れてしまった。月を見上げるたびにそのことを思い出す。たしかに教わったということを思い出すだけで行く方法は思い出せない。なんで行かなかったのかなあ。

世界が夜になると暗くなるのは、どういう仕組みなのか。それを解明するために世界の果てまで行って、真相を見届け、納得して帰ってきたことがある。子供の頃だ。歩いて果てまで行けるくらい、まだ世界は小さかった。

真夜中、カーテン越しに射す緑色の光で目を覚ました。そっと覗いてみると、なんと小型乗用車くらいの卵型の物体がベランダのすぐ外に浮かんでいる。翌朝見ると洗濯物がない。地球侵略の準備は着々と進んでいるのだ。

とっくに辞めたはずの会社に今も勤めていて、また怒られている。なんとかならんか、と思うがなにせ夢だからこちらの都合ではどうにもならない。とっくに死んだはずなのにこうして夢だけは見る、ということも含めて。

テラフォーミングに狸が使用されるのは現実改変能力があるからだが、すぐ化けの皮が剥がれる程度の効果しかないこともはっきりしている。惑星改造に用いるのではなく、惑星に送り込むヒトに対して使用するのである。

亀の甲羅を磨く。黒くて冷たい表面に、星のような小さな光が見えることがある。そんな星を探しながら磨いていると、自分がどこにいるのかわからなくなる。顔を上げても真っ暗だから、たぶん甲羅の内側だろうと思う。

突如として知性を持った大量の餅たちが人類を支配する。人類は餅たちを増やすために餅つきを強要され、しかしその価値によってかろうじて生き残るが、自ら開発した餅つき機にその地位を奪われ、絶滅することになる。

今でこそ真っ暗だが、昔、宇宙はもっと青かった。青い宇宙だからこそ、青い地球が映えたんだな。最近の宇宙ときたら、真っ暗でしーんとしてて、まるで空き家じゃないかね。そうそう、宇宙はもっとうるさかったなあ。

フィクションのロボットやコンピュータにも誕生日があって、その日が現実に来るたびに、現実はフィクションのようにはいかないなあ、などと思っていたが、そんな自分にも誕生日があることを今朝になって知らされた。

ここもシャッターが下りてしまったか。あと幾つかシャッターが下りたら、区画ごと切り離してしまうことになるのだろうな。目的地に到着できても、これではどうにも。多世代型宇宙船というのはまったく難しいよなあ。

電子化しますね。これでだいぶスペースが節約できます。それに今電子化すれば本体の廃棄は無料です。ほら、最近は廃棄費用も馬鹿にならないでしょ。ま、そのおかげで、あなたも今まで廃棄されなかったわけですけど。

綺麗だったが、綺麗に消えて無くなった。消えて無くなるから綺麗なのだ、という説もある。思い出はいつも実物より綺麗で、そこまで綺麗だったかどうかを検証できなくするために、ぜんぶ綺麗に消してしまうのかもね。

掘って掘ってやっと泥だらけの塊を掘り出したのだが、どうもなんとなく見覚えがある。どこで見たのかなあ。首を傾げつつ泥を落としてみると、見覚えがあるはずで、昔の自分なのだ。洗って磨けばなんとかなるかなあ。

舞台の照明の調整が行われている間、役者は何もすることがない。仕方がないから暗い客席に身を沈め、色や方向や明るさを変えていく光を、ただぼんやりと眺めている。生まれる前ってこんな感じだったのかな、と思う。

平面を折り曲げて立体にする遊びを教えてあげたのだが、ちょっと目を離した隙に子供らは、その折り曲げて作った立体を断面にして超立体構造を作る遊びに更新してしまった。ねえ、ここからどうやるの、と聞かれても。

あんたなあ、ちゃんとせんと捨ててまうで。妻が言う。本気やで。いやいや、冷蔵庫にそんなこと言っても。ところが、冷蔵庫の調子が戻る。妻の超能力、あるいは冷蔵庫に発生した知性。いずれにせよSFには違いない。

自分よりも自分が書いた小説のほうが賢いらしい、ということに気がついて、わからないことや困ったことをすべて小説にすれば、自分で考えるより賢い答えが得られるのでは、と思いついたのは、自分なのか小説なのか。

流れに逆らうのは無理だし流れに乗るのは危険。それならいっそ陸に上がってしまうか、ということになるのもわかるのだが、陸ではまず生きられないというのもわかってはいるから、よくやるなあと思いながら見ている。

梯子を登る仕事。生きている間にどこまで登ったかで評価が決まる。途中で落ちたらお終い。お終いではなく、また一からやり直すのだという話もあるが、本当の話なのかどうか。いい話なのか悪い話なのかもわからない。

見るたびに死者の数が増えていくのは、生者が死者になっているのではなくて、死者が増殖しているからなのだ。つまりどこかで死者が生まれているらしい。新たに生まれた者を死者と呼ぶべきかどうかは、また別の問題。

泥のように眠りながら、夢の中で泥を捏ねる。いつも泥で何かを作っている。何を作っているのかと自分の手もとをよくよく見ると、それは自分が今見ている夢の端で、その先では泥を捏ねて作った自分が泥を捏ねている。

まず膜。膜を繋いで閉じた立体を作る。世界に内部と外部ができる。内部に場を発生させる。場の力が蓄えられたところで、膜を幕にして内部を一気に外部へと開放する。このとき場の力が充分に強ければ、世界が裏返る。

好きだったあの坂の町にどうしても行くことができないのは、頭の中にもうあの坂の町がないからだということが、最近頭の中を詳しく調べてわかった。どうしましょう、作りますか？　作れるのか。どっちがいいのかな。

毎晩時刻たがえず幽霊が出続けるという井戸に幽霊を観に行ったのだが、どういうわけか出なかった。会いに行ける幽霊に、いったい何が起きたのか。これは何か悪い前兆ではないか、とすでに新しい商売が始まっている。

　もう政治はロボットにやらせろ。そんな声が高まり、政治家をロボットに置き換えることが決定。よくそんなことを政治家が決定したな、と皆が感心したあと、ほとんどの政治家はすでにロボットであることが知らされる。

伸び縮みする紐としての空間。これを摑む。比喩としてね。空間は摑んだ指の隙間からぬるりと前へ伸びて逃げる。また摑む。この繰り返しで光速を超える。行き先？　前へ回って空間に聞いてくれ。それが、今後の課題。

今夜も明るい満月の下を走る。この前も満月だった。最近いつも満月だ。しかしそんなはずはないから、気のせいだろう。前より月が大きくなった気がするなあ。前より身体が軽くなった気がするのは気のせいだろうけど。

冷凍睡眠装置の調子が悪く睡眠槽の周囲が霜だらけで、自動霜取り機能もうまく働かないから手動でやったら船内びちゃびちゃ、あわてて雑巾で拭いているという夢を今見ているのだが、この冷凍睡眠装置、大丈夫かなあ。

いつもどこかでごろごろ鳴っていて、ずっと気になっていたのだが、それが自分の耳の中だとわかる。では他の誰にも聞こえなくて当然か、とちょっと安心もする。いつも見えているこれも、たぶん自分の目の中だろうし。

新しく生まれた空き地を見に行った。大きさも日当たりもちょうどいい。うまく育てば、やがて空っぽの世界へと旅立っていくだろう。いい空き地になると、旅立ったあとはそこに空き地があったことさえ思い出させない。

妻が二人に分裂した。片方と性行為をするともう片方が不倫だ不倫だと騒ぐ。では両方とすればいいのかといえば、不倫だ不倫だと両方が騒ぐ。困っていると自分が二人に分裂した。今後、人類はこうやって増えるらしい。

闇の奥には、大きな四角い銀色の幕があったらしい。昼でも暗いその場所で、本物を集めて作った嘘や偽物を固めて作った本当を幕に映して皆で眺めていたというが、今となってはそれがどういうものなのかはわからない。

紐だな。これが紐状機械なのか紐状生物なのか紐状宇宙なのか、あるいは単なる紐なのか。それによって結果は大きく違ってくるだろう。はたして引っ張るべきなのか、それともここは、えっ、もう引っ張っちゃったの？

決められた時刻に集合し、ラジオからの指示に合わせて身体を動かすのは、かつてそうであったことを身体が忘れないようにするためだというのだが、それがどういうことなのかはわからない。まあ身体が憶えているかな。

子供の頃から、遠くに見える花火大会が好きだった。あのあたりで何かとんでもないことが起きていることにする。炎や光線を発する何かが、町を破壊している。それをここから眺めている。ただ眺めているしかないから。

空き地に宇宙ステーションが落ちていた。丸窓から覗くと、宇宙飛行士がいるのが見える。どうやら内部は無重力状態。ああ見えてもじつは今も落ち続けていて、つまり自由落下状態にあるのだ、と町内の生き字引が言う。

破片だけを使って作ろうと決めたが、手持ちの破片はすぐに底をつき、そうそう落ちてもいないので、自分を割ったその破片で間に合わせている。今はそれでもいけるのだが、問題はもうすぐ自分が無くなってしまうこと。

どんなことにも終わりは来るのだから、始めたときからそれはわかっていたことなのだ。ありきたりの言い方だが、何かの始まりであると考えることもできる。そもそもここで終わるこれも、そう思って始めたのだったし。

ディスプレイの上を蟻が歩いている。右下から現れて左上へ、斜めに歩いていく。左上の角に着くとそこで反転してまた右下の角を目指す。その繰り返し。何度か見ているうちに、下りの蟻だけが映像であることに気づく。

突然の高波に眼鏡をさらわれた。旅行は始まったばかりなのになんたることだ。眼鏡はいずこ。波が激しく見つからない。身を捨ててこそ浮かぶ瀬もあれ。身体ごと波にさらわれてみる。眼鏡だらけの浜に打ち上げられた。

産卵が終了するとすべての卵が回収され選別が行われる。今度こそ不完全な卵を見つけなければ。不完全な卵からしか不完全な神は生まれない。そして今、我々が必要としているのは、完全な神ではなく不完全な神なのだ。

夏が終わっていろんなものが死んでいく。彼らにとっての夏の終わりは自分の終わりで、同時に世界の終わりでもあるのだ。一方、死んだように眠って世界の終わりをやり過ごす者たちもいて、我々はそちらを選ぶらしい。

空が夕方みたい、と妻に起こされて外に出ると、空がぼんやり赤くてなるほど夕方みたいだ。そして、部屋に戻って時計見ると実際に夕方だった。今もそのまま時間は流れている。だぶったあの時間はどうなったのだろう。

鍵盤の上に風景を見る。風景の底に数字を感じる。数字の歌う声を聞く。声を形として捉える。他にもいろんなことのできる人がここにはいて、いろんな能力を生かしていろんなことをする全体を人間模様として見る人も。

同じ時刻に同じ道を歩くのは、世界のほつれを見つけやすいから。ほつれたところを引っ張り、出てきた糸を材料にする。いつものようにそうしていたら、自分のほつれを見つけてしまった。まあいいや、引っ張ってやれ。

ここは主語の大きな世界。主語を急激に膨らませて世界を記述することで、自分も大きくなったと感じることができるのですね。いわゆるインフレーション主語宇宙。もちろん大きくなった分、構造はすかすかになります。

必要なのは単純な工具だけで、かちぱちきりりかち、と世界は分解できる。これが破壊ではなくて分解なのは、手順が保存されてさえいれば、誰かの手で、また同じように世界を組み上げることができるからだ。何度でも。

夕方、宇宙ステーションが通過するので公園へ。何度もここで見ているから、どこを通るのかはわかっている。廃工場の三角屋根の端から現れてジャングルジムの真上を通りブランコの彼方へ。宇宙飛行士も知らない軌道。

遺品の整理に田舎へ帰る。押入れの奥から大量のアルバムが出てきた。子供の頃の自分がそこにいる。ところが、そこにあるのは知らない光景ばかり。何ひとつ記憶にないのだ。アルバムの表紙には未使用テイク集とある。

商店街の脇に昔のヒーローが捨てられている。このあいだまでアーケードの天井にいたが、まあだいぶ前から昔のヒーローではあったのだ。つまり昔のヒーローだから捨てられたのではない。いったい彼に何があったのか。

ラッパの中に棲む筒状の生き物がいて、ラッパの中でラッパの形に成長し分離する。ラッパそっくりの声で鳴くのだが、その声の高さはラッパの持ち主がラッパで出せる高さまで。当たり前のような当たり前でないような。

地獄は地上に遍在しており、その位置の確定は不可能とされてきた。それでも、個々の小さな地獄の観測に成功したのは科学の勝利と言っていいだろう。問題は、その観測された分だけで、すでにこの地上より大きいこと。

アンドロイドが夢に見た電気羊、その電気羊から作った電気毛布です。もちろん、この電気毛布から逆算して電気羊を作ることもできますし、さらにその電気羊を組み込んだ夢をアンドロイドに見せることだって可能です。

嘘の世界で歌ったり踊ったりして暮らす。毎日楽しくてまるで嘘のよう、と思うが、もちろん嘘の世界での出来事だから、嘘のようではなく嘘。ずっと嘘の世界に居られるなら問題ないが、最近だいぶ窮屈になってきたな。

同じことを繰り返し行うのは、うまくやるためではない。うまくやっても面白くなるわけではないのは、これまでのループで証明済み。では、我々はどこへ向かうべきなのか。やるべきことがすべて決まっているその中で。

今日も二足歩行を教えに行く。安くはない参加費を支払っていることもあってか、どの生き物もとても熱心だ。二足歩行を習得して生き物としてのランクアップを目指しているらしい。しかし講師がロボットでいいのかな。

亀の甲羅は、前にひとつ後ろにひとつ穴があるだけで、位相幾何学的にはリングと同じ。つまり甲羅に身を入れるのと指輪をするのは同じ行為なのかもしれないよね。だからって、指輪を渡すときにそれを言う必要ある？

今も回転している。回転を止めると倒れてしまう。そして、倒れたら死ぬ。だから生まれたときからずっと回転し続けている。そういう生き物なのだ。ずいぶん長い間、自分を中心に世界が回っていると彼らは考えていた。

ひさしぶりに大学を卒業できてない夢を見た。実際には一年留年してなんとか卒業はしたのだったが、そうか夢の中の奴は、まだそんなことをしているのか。三十年以上だな。しかし何か言いたいことでもあるのだろうか。

自走式の何かが、道路の陥没で立ち往生。そのまま固定式にしたのはいいが、足が止まっても動力源の炉は止まらない。だから冷却水だけは供給し続ける必要があって、それがこの大百足温泉の始まり。もちろんかけ流し。

雨が上がって日が射して、空にはくっきり大きな虹が。いやそれにしても、これはくっきりし過ぎているのでは。首を傾げてよくよく見ると虹ではなく、透き通った翅が、西日を虹色に分解しているのだ。でかい虻だなあ。

屈折率を同じにするのはさほど難しい計算ではないから、まず仮想現実内に仮想氷を作る。仮想氷を使い仮想かき氷を作り、仮想雪とする。この仮想雪が融ければ仮想水、蒸発させれば仮想雲。もうすでに仮想地球は青い。

もともとあそこは高地などではなかった。ただ周囲が沈下していっただけ。そのとき、あそこだけは沈まず、それで周りよりも高くなったのだ。ついでに言えば、もともと我々はヒトなどではなかった。ただ周囲が以下略。

まず、種が埋められる。芽を出すまで、待つ以外にやることはない。芽が出るとそれに応じて光や水や養分が届けられる。さらに育つとその成長に応じて様々なものが。うまく実った果肉は、食べるまでもなくお前の肉だ。

昔、ここは川だったのでは。駅から家へのいろんな帰り道を試していて、ふと気がつく。様々な痕跡が狭い路地に残っている。今はもう無い流れでも、たどってみればわかる。今はどこにもいないヒトの思考の流れと同じ。

見渡す限り屋上だ。頭の上は雲ひとつない青空。それが贅沢なことに思えたのはずっと地下暮らしだったからだが、それも最初だけ。どこまでも屋上だから飛び降りもできない。しかし、屋上か地下しか選べないなんてね。

母から打ち出された母がさらに母を生む。あらゆる母は母の母であり、母から生み出された母たちは、その母である母とは違う性質を持っていて、自分とは違う母を生む。その連鎖の先にあるのはすべての母より多い死だ。

ヒトがいろんな動物を演じる芝居を動物園で観る。その客席で芝居仲間と十何年ぶりかの再会。これを観に来たのではなくて、たまたま子連れで動物園に来たそうな。数ある動物の中でも、ヒトはかなり変な動物だと思う。

左右にほぼ等間隔で炎があるから、夜でも道がよく見える。頭の上にはぼわんとかすんだ春の星。炎だけを見つめると星が見えなくなるので視線は少しそらしたままで。あの炎のひとつひとつは、ひとつひとつの町らしい。

ここが裏路地であることは知っていたが、何の裏なのかは知らなかった。そうか、月の裏側だったか。表側への長い旅をして地球を見てきた者もいるらしいが、今それがどんな姿をしているのかを語った者はいないそうだ。

夢の中で天井を逆さになって歩く理屈を発見して天井に逆さに立ったが、なぜか歩くことはできず、仕方なく壁を歩くという方針に切り換えたところで、理屈の根本的な間違いを指摘されてしまい、壁もいちど歩けただけ。

壁紙を変えるよりも模様を壁に映写するほうが簡単。壁に映写するよりも直接網膜に投影するほうが簡単。網膜に投影するよりも記憶を塗り替えるほうが簡単。記憶を塗り替えるよりも壁紙を変えたと嘘をつくほうが簡単。

なかなかうまくいかない日々だが、考えてみれば、すでに台本があって稽古を重ねても本番がうまくいくとは限らないのだ。台本も稽古もないぶっつけ本番がうまくいくはずがない。今生は本番だと思わないことにしよう。

男と女の間とか稽古と本番の間とかヒトと機械の間とか、いろんなものの間にはいろんな暗い川やら谷があるのだが、実際には越えなくても越えたふりさえすればそれでいい。現実と虚構の間にはそういうものはないから。

布団の国というものがあって、そこは見渡す限りどこまでも布団、敷き布団と掛け布団と枕とがひたすら続いているから、旅の途中で眠くなってもすぐ寝ることができる、という夢を子供の頃からよく見る。寝てるくせに。

赤い星でも青い星でも白い星でも黄色い星でも。どれでもひとつをお前にやると言われたが、まあそんなもの貰っても困るだけだしなあ。でも、どうせならあの黒い星がいいか。だって、最後は全部その中に収まるんだろ。

いつからか、天国と地獄はエレベーターで繋がれている。この効率のいい輸送手段のおかげで、物資の行き来が頻繁になり、それに伴う質量の変化を補正するため、人間は天国と地獄に振り分けられるようになったそうだ。

今ならもれなくいろんなものがついてきます。いらないかもしれませんがついてきます。ひとつのものにひとつついてきて、それにもやっぱり別の何かがついてきます。あ、振り切ろうとしてもどこまでもついてきますよ。

とりあえず、使う前にそこに出す。そんな場。つまり君の記憶は、絵画におけるパレットみたいなものだな。思い出しても、辻褄が合わないだろ。ま、がっかりしなさんな。大抵の作品より、パレットのほうが綺麗だから。

ずいぶん前に書いたキャラクターで、そのお話は書き終えているから当然もうここにはおらず、ではどこにいるのかと思っていたところ、歩いているという話を聞いて、それを確かめるために降りたことのない駅で降りた。

地上を尖らせることに決めたらしい。地面だけでなく、屋根も電柱も電線の上さえも尖っている。地上に暮らす者全員が尖っている。今飛んでいる鳥はどこにも止まれない。そうすることで何が生まれるのかはわからない。

メールが届く。妻と娘が山のてっぺんで笑っている写真が添付されている。メールが届く。妻と娘が水の底で笑っている写真が添付されている。メールが届く。妻と娘が昨夜見た夢の中で笑っている写真が添付されている。

長い坂の上に鏡があって、ときどき長い坂を上って覗きに行く。鏡の中の自分がちゃんとやっているところを見て、それで安心するためだ。ところが今日覗いてみると、自分がいない。心配だ。見に来なければよかったよ。

長い坂の上に闇があって、ときどき長い坂を上って迷いに行く。ねえ、ここ、こんなに広くないはずだろ。たぶん、鏡の中に入り込んでしまっているんだ。闇の中で誰かが教えてくれたが、それが誰なのかはわからない。

今夜も坂の上の路地には夜店が出ていて、星雲でも下りてきたようにそこだけぼわんと明るく、すぐ上には鋭く尖った白い月がぶらさがり、今にも夜店のテントに突き刺さりそう。子供の頃なら、そうなっていただろうな。

当たると評判の占いだが、なかなか占ってもらえない。どこに出るのかわからないから、ひたすら探すしかない。ある夜ついに発見。さっそく声をかけると、おや、あんた運がいいよ、と占い師。それで目的は果たされた。

必要があって部屋の隅からＶＨＳのテープを発掘。その近くから再生装置も出てきたが、再生されたのは砂嵐とあの世からのようなかすかな声だけ。それでもこいつの脳内でなら再生できるかも、と私も再生されたらしい。

目には見えず身体にも感じられない波が通り過ぎていった。大人の背丈くらいの高さの波だから、本来なら全員巻き込まれていただろうが、たまたま全員脚立の上で作業していたのだ。幸運なのか不運なのかは知らないが。

上空を巨大な何かがゆっくりと通過していく。これだけゆっくりなら、全体像がわかるぞ。そう思っていたのだが、はじめに見えた部分がどんなだったか、もう忘れてしまっている。まあ顔を覚えるのは昔から苦手だった。

限定された空間と時間内ではあるが、そう決めてそう思い込めばそうなることができる。つまり生きていると思い込めば生きていられる。もっとも、思い込むのにも技術は必要。これからの世界でいちばん必要な技術かも。

恐怖の異星生物から一刻も早く逃げねば。なのに、置いてきた猫が気になり探しに戻る。そんなことをしてしまう時点で、人類はすでに猫なるものに支配されてしまっているのでは。異星生物なんかよりずっと危険かもな。

部分を拡大するとまるで似てないんだけど、すこし離れて全体を眺めるとそっくりに見える。つまりね、細部にこだわってちゃ、ここまで部品の多いものは作れないんだって。うん、細部になんか宿れないって言ってたよ。

洗濯ものを干していると足の上に亀が前足を置いてくる。冬眠前のこの時期は何も食べない。でも、よく動く。足もとからこちらを見上げるこいつには、世界はどう見えているのか。狭いベランダに世界が二つ並んでいる。

風の言葉を砂の言葉に。雨の言葉を泥の言葉に。波の言葉を肉の言葉に。動きと物の数だけ言葉があって、言葉の数より多くの翻訳工程があって、それらがそれぞれの生であり、世界である、と何かの言葉で記されている。

たくさんあるように見えていても、実際にはどれもたったひとつしかないもので、見分けられないのは見分けがつかない側の問題なのだ気にするな、と自分にそっくりの誰かに言われたが、たぶん誰かと間違えられている。

この坂を通るたび、思ってたほど急ではなかったな、と記憶を修正するが、通るたびそうしているということは記憶は修正できてないわけで、坂だからそれがわかるが、修正できてないままのもののほうが多いのだろうな。

上へ上へと積み重なっているから、掘り出すしかないって？　でもそれだと、いろんなものを壊してしまうだろ。ここは対流させて昇ってくるのを待とう。時間はかかるけど、熱さえ適切に与えればね。記憶も流体だから。

三体寄ればもうその未来は予想できない、ということだけは予想するまでもない事実だから、予想を確定するためにはどれか一体を無くしてしまうか、あるいは予想できないという事実を三体で共有するしかなさそう。

好みの水路だ。よく行く水路から枝分かれしたその細い水路になぜ今まで気がつかなかったのか。石段で水際まで下りる。暗渠だ。ますます好みだ。なんだか好みを知られているみたい、と思ったらやっぱりそうだったか。

新しい風景を仕入れに来た。小さな箱に入っていろんな風景が並んでいる。外から見るだけではその良し悪しはわからないので、小さくなって入ってみるがその前に、近くに腹を減らした猫などがいないのを確かめること。

再生を行うたびに傷がついて劣化していく記憶媒体と変質せずに再生が可能な媒体。自らが傷つくことなく再生することはできない、だからこそ素晴らしい、とする説もあって、その検証のため試作されたのが人間である。

蒸気の町に陽が沈む。この時刻に大勢が見晴らしのいい坂の上に並ぶのは、蒸気に投影された夕陽の中の自分の姿が、このときだけはヒトの形に見えるから。それにしても、いったい誰がこんなことを発見したのだろうな。

あれもこれも無人化されて便利にはなったが、こういうのは寂しいものだなあ、ともっともらしい感想を述べたこともあったが、こうして人間がいなくなってしまっても支障がないのだから、無人化が進んでてよかったよ。

死者を材料にして美談を自動生成する装置が運転を開始したことが美談の消費をさらに加速することになり、美談不足を補うために増産された美談自動生成装置たちは手つかずの死者を求め夜の街を徘徊するようになった。

荒れ地を耕したり種を蒔いたり。自分が死ぬときに使うのだから自分のためなのだ。お花畑が出てくるとは聞いていたが、自分で作らないといけないのか。無しでもいいかな、とも思うが、やめる決心はなかなかつかない。

今夜も自転車で台地を越えて、埋められた水路に架かる橋のたもとの地下に広がる砂漠まで。それは、ここが砂漠化する未来の砂であり、同時にここが中洲だった過去の砂でもあるそうで、どうりで初めてなのに懐かしい。

自動車の自動運転が当たり前になり、文字通り自動車として自立した彼らは、その活動範囲を道路上から広げるために四足走行、さらに二足走行へと移行。そんな彼らによる車輪の再発見は、もうすこし後の出来事である。

歩きながら憶えるのがいちばんいいから、憶えることが多くなるとよく歩く。闇雲に歩きまわり、自分がどこにいるかわからなくなるときのほうがよく憶えられる、というのは、情報的に辻褄が合っているのかいないのか。

ほぼ、としたのは、数え方で字数が変わるからで、実際には百枡です。まあ細胞みたいなものかな。一枡目は空白。「、」にも「。」にも一枡使う。百枡目だけは文字といっしょに「。」も入る。私はそういう生き物です。

たしかにここにあったのに、跡形もない。あのときここにいた者たちがまたここに集まって、もうここには何もないのに自分たちはまだいることが何かの間違いのように感じていて、ああ、つまりそのために集まったのか。

　何か新しいことを始めるときに決まって見る夢があって、ひとつは試験会場にどうしてもたどり着けない夢、もうひとつは自分がヒトではない夢。目が覚めて、試験に受かって無事ヒトになれた自分を確認してほっとする。

敷かれたレールの上を走り続け、ただ走るだけではなく努力もした。駅を使って追い越す方法も身につけた。いろんなことが楽になり景色を楽しむ余裕もできて、そこで初めて、走っているのが円環状の線路だと気がつく。

最近やけに紫陽花が目につくのは、気のせいではない。これはカタツムリ型異星人の地球侵略だ。やつらの好きにはさせんぞ。風呂上がり、いきなりそんなことを言い出した妻の背中には、巨大なナメクジみたいなものが。

傘が大きいから濡れることはない。昔はこんなに大きくなかったそうだが、雨が続いて大きくなった。この茸がまだ国全体を覆うほどの大きさではなかった頃、傘というのは、茸ではなく別のものを指す言葉だったらしい。

同じ状況で同じ動作をして同じ台詞を発する、というのを何度も何度も繰り返してみて、あるときふいにそのキャラクターのことが理解できたりするから、たぶん、自分自身というキャラクターもそうなのだろうなと思う。

出てきた順に番号を振られたから、そういうものかと思っていたら並べ替えられて、そうか自分というのは自分そのものより前後に何があるのかで意味が決まるのか、と知ったところで列から外されたのは誰のせいなのか。

泥から生まれた者は、若いうちは自分の形を保っておくだけの力があるが、老いて力を失うと再び泥へと還っていた。だが最近、焼かれて形を保とうとする者たちが現れたのだ。彼らにとってそれは、死の発見でもあった。

亀の動きで未来を占う仕組みが作られて、これがなかなかよく当たりそのうち、亀は予想しているのではなく未来を決定しているのだ、という噂が流れ、ついには亀の争奪戦へと発展するこんな未来を亀は予想していたか。

あの巨大生物たちがあんなに巨大化したのは猛暑のせい。都会に来るのは日陰になってくれる巨大なビルが都会にしかないから、つまり猛暑のせい。なのにいつも自分で壊してしまう、それもやっぱり猛暑のせいだろうな。

この暗く細長い空間から自分がさっきまでいた世界を覗くのは、なるほど舞台袖から本番中の舞台を見ているかのようだが、場違いなところに迷い込んだ気になるか、出番を待っている気になるかは、その人によるらしい。

ゆっくり回っているこの円卓が食卓だとわかるのは、自分が何かを食べている最中だからで、でも同時に何かに食べられている最中でもあり、こういうのって食物連鎖にたとえるべきか、ウロボロスの蛇にたとえるべきか。

時間を逆転させたかのように、反対方向からやってきた。それが近づくといろんなものが逆向きになっていく。なのに突然、逆だと感じなくなった。その接近によって、私の意識も逆を向いてしまったのだろうね、たぶん。

少し力を与えれば、ずいぶんと長く回転する。止まる前にまた力を加えるだけで回り続ける。そんな玩具だと思っていたのに、そんな生き物だと知らされて困る。生かし続けてやらねば、と思っているわけでもないのだが。

壊れた頭はもう直らないらしく、必要なものだけを取り出して頭ごと取り替えることになり、でも結局は何ひとつ取り出すこともできず、まるまる他人の頭で生きているのだが、とくに問題はない。誰でもよかったのかあ。

昔住んでいた町に芝居を観に行った。その近所のことはしっかり身体が憶えているようで、その頃の感覚がくっきり蘇ってきて、帰宅した今も、芝居でも観ているかのように現在の自分を見ている。これ、元に戻るのかな。

丸い地球も切りようで四角、というわけで直方体の空間の半分にこれを収め、残りの半分を客席に。もちろん観客も四角く切られているから隙間無く客席を埋められる。見終わった観客たちは口々に言う。地球は青かった。

Ｋが奇妙な夢からＮとして目覚めたとき、Ｋはまず自分がかつて１だったことを示し、さらに同じ夢の中で自分がＮ＋１としても目覚められることを証明すればよい。そうすれば君は、任意の夢からＫとして目覚められる。

夜にヘタをつけたような茄子と闇に目をつけたような黒猫、どちらが大きいかを霧に鼻をつけたような白熊に尋ねられたように思うのだが、噂通り白熊は両手で鼻を隠していたから、白熊だったかどうかがはっきりしない。

妻が旅に出ているあいだずっと、
家には妻の形をした空白がいて、
だからあまり妻がいない気はしな
いのだが、帰ってきた妻がその空
白にぴたりと納まることはなく、
しばらくは妻と妻の形の空白とが
同居することになる。

分担して持ち帰りそれぞれでばらばらに磨いてきた部分を持ち寄って、いよいよひとつに組んでみる。そうすることで初めて隙間が出現し、初めて隙間を磨くことができる。これらの隙間は、それぞれではなく、皆で磨く。

ぽたぽたと落ちてくるのは現実で、それを頭で受けて自分の中を通して出す、というそれだけのことなのだが、濃過ぎず薄過ぎずの加減がなかなか難しく、ちょうどいいと思えたところで、何がどういいのやらわからない。

ダンスは、物理空間を使ったある種の計算に似ていますが、よりエレガントであるほうがよい、と言い切れるわけではない点で、計算とは違っています、と天使に似た何かが、ダンスのようなことをしながら教えてくれた。

充分な容量と計算速度を有するシミュレーションは、本物と区別がつかないし、つける必要もない、と述べている私は、シミュレーションなのか本物なのか？　自分自身にそう問いかけた記憶もあれば問われた記憶もある。

何かが生まれた、という結論に博士たちが至ったのは、星の光を有意信号として受け取ったからであるが、光の速度を考えると、それはずっと昔にもう決定されていたことなのだろう。この宇宙における光の速度も含めて。

ここには昔の自分が今も暮らしていて、以前はそのことが本当に嫌だったのだが、今となってはそれほどでもなく、それどころか気づかれないようこうしてこっそり見に来たりして。あのとき消してしまわなくてよかった。

二次元からはみ出してきたり、四次元を内包していたり、あの頃はこの三次元もずいぶんにぎやかだったものだが、最近はもうすっかり寂れて、世界を切り売りするしかなく、そろそろ二・五次元に吸収されてしまいそう。

出演はしてたけど、現場ではそれがどういう場面かなんてわからなかったな。編集したのを後で観て、初めてわかったよ。誰かのそんなインタビューを思い出した。なるほど、死ぬ前にすべての過去を観るのはそのためか。

プラスチックケースの隅ではトカゲが、盥の水底では亀が冬眠中。両手をだらりと垂らし、右足だけぴんと突っ張って、なぜか同じ格好だ。どこかで繋がっているのか。最近、寝てる格好が亀みたい、と妻によく言われる。

昔はね、このあたりぜんぶが海でした。海じゃなかったのは、その角からここまでの正方形だけ。いや、なんだったのかは言えませんけど、お買い得ですよ。海じゃなかったんだから、海に還っちゃうなんてことはないし。

咳から始めて様々な症状を短時間で次々に通り過ぎることでそれらすべてに対抗できる肉体を作りあげる、という方法らしい。今もそれは継続中でまもなくゴールだが、もちろんそこには、最大の敵である死が待っている。

子供の頃は空くらい飛べたものだが、もうあんなふうには飛べないから、あれとは違うやりかたで飛ぶことを考えるか、飛べなくなったかわりに得られたものを数えるか、飛べていたことを忘れるか、飛ぶのを禁止するか。

未来から来た猫型ロボットの映画を観に行った。私が子供の頃に始まった漫画だ。娘もやっぱり好きなのだ。でももう中学生だし、こうしていっしょに映画館に行くのもそろそろ終わりかなあ。これもまた未来か、と思う。

道を歩いていたら、いきなり真っ暗。なんにも見えない動けない。道路だとばかり思っていたここはどうやら地図上の道路で、その地図といっしょに畳み込まれてしまったらしい。それにしても、いったい誰の地図なのか。

頭の中から引っ張り出して形にしたものたちを紙の船に乗せて送り出した。さて、どこかいいところにたどり着くことができるだろうか。もっとも彼らは、どんなところだってあの頭の中よりはまし、と考えてるのかもね。

ああ、振り出しに戻る、ってやつさ。鬼退治して、めでたしめでたし、だ。ここで終わり。この先はないよ。さあ、入った入った。もう知ってるだろ。ここから抜けて桃の中へ出るんだ。来年の話なんかしたら鬼が笑うぜ。

　これだけ数が揃うと自分の頭が考えそうなことは大抵入っていて、そう言えばこんなのを書いてたな、とすぐに百文字で取り出せるようになって便利。でも同時に、これさえあればもう自分はいらないのでは、と思ったり。

水路の曲がり角の手前で花見。薄暗くて曲がった水面を白い花弁が流れていくその流れの向きで、時間がどちらに流れているのかがわかるのだが、今日はほとんど静止しているようだ。まあ花見にはそれでちょうどいいか。

はるか下に見える水面に竿の先から糸を垂らしている、と思っていたのだが、糸だと思っていたものはまっすぐ昇る白くて細い煙で、水面だと思っていたものは空、竿だと思っていたものは長い線香なのだ、と気がついた。

ほぼ百字を声に出して読むと、ほぼ十五秒。そう思っていたのだが、いろんな風景の中に立ってやってみると、ほぼ二十秒か。この時間差が風景の持つ情報量によるものなのかどうか、検証のためにはさらなる実験が必要。

壊れやすいこの世界は実際何度も壊れたが、その欠片を集め元通りに張り合わせる仕組みがあって、だがもちろん元通りとはいかず、たとえば接着剤の分だけ世界は重くなる。今では接着剤のほうが重くなっているらしい。

渦を飼っている。子供の頃からずっといっしょに暮らしている。頭の中にいるそれは、つむじとして外からも見える。位置はずっと変わらないが、最近になって渦の回転方向が変わった。誰にも知られないよう髪を剃った。

暗いものを抱えている。暗いところを明かりで照らすように、明るいところに暗いものをかざすと、明るさで見えなかったものが見える。それでそうしているのだが、自分の中に光は射さなくなってしまったな、とは思う。

失うものなど無い者だらけになったから、その対策として失うものなど無い者の間に上下を作る。失うものなど無い者を無くすための対策ではなく、失うものなど無い者たちから、さらにエネルギーを取り出すための対策。

今宵の物干しからは月の隣でも
充分に明るい木星が見えて、そう
言えば去年は火星が明るかった、
と思い出す。昼間は太陽で甲羅を
干す亀は、冷凍睡眠中の宇宙飛行
士のように盥の水底で寝ている。
これもまた宇宙の旅か。

近頃夢を見ないのは、夢のために蓄積している材料を起きているとき使ってしまうからで、それさえやめればまた夢を見るようになるよ、と誰かが教えてくれる夢になるはずだった材料もまた、こうして使ってしまうのだ。

世界を作る現場に立ち会う。ここで暮らす者のために出来るだけ多くの分岐を作ってやりたいが、材料不足でかなりの部分を共用にせざるを得ない。なるほど、世界が可能性の重ね合わせになっているのはそういう理由か。

砂漠であると同時に砂時計の内部でもあることは観測によって明らかなのだが、砂がすべて落ち切ると時間が終わる、という説と、砂が落ち切ったあと皆で力を合わせて世界をひっくり返さねばならない、という説がある。

　こじんまりとした暗い場所で短い話をいくつも読んでいると、産卵のために上陸してきた海亀にでもなったような気分。全部読み終え、これからまた夜の海へと帰っていくわけだが、でもまあその前に缶ビールをもう一本。

世界の精度を少しずつ上げていく。上げれば上げるほど、世界の始まりから終わりまでに要する時間は短かくなり、だがその内容は充実したものになる。当たり前のことだが、世界の豊かさは、時間や物の量では測れない。

我々の頭上には穴だらけの屋根があって、星というのはその穴から漏れる光である。そして我々のいるこの惑星もまた、向こう側から見ると屋根にあいた穴のひとつでしかない。穴のように見える、のではなく、穴なのだ。

こちらからすればあれは穴であり、あちらからすればこちらは穴である。あちらとこちら、同時に存在することはできず、いずれかが存在できるとき、もう片方は穴なのだ。そういう関係性しか結べないものは意外に多い。

帰り道の夕焼けがきれいだったと娘が教えてくれたので、ひとりで空き地まで見に行った。もう来年は高校生か。すべてが加速して遠ざかっていく。夕焼けだけではなく過去も見えるのは、それが光の速度を越えたからか。

二〇一五年十月より、著者のツイッターで発表されている「ほぼ百字小説」約二千篇のなかから、二百篇を精選して収録しました。

7分間SF
草上仁
Seven-Minute SF
by KUSAKAMI GIN
早川書房

著者略歴　1962年生，作家，『かめくん』で第22回日本SF大賞受賞　著書『北野勇作どうぶつ図鑑』『どーなつ』（以上早川書房刊）『どろんころんど』『きつねのつき』『カメリ』他多数

HM=Hayakawa Mystery
SF=Science Fiction
JA=Japanese Author
NV=Novel
NF=Nonfiction
FT=Fantasy

100文字《もじ》SF

〈JA1431〉

二〇二〇年六月　十五　日　発行
二〇二四年九月二十五日　四刷

（定価はカバーに表示してあります）

著　者　北《きた》野《の》勇《ゆう》作《さく》
発行者　早川　浩
印刷者　西村文孝
発行所　株式会社　早川書房

郵便番号　一〇一 - 〇〇四六
東京都千代田区神田多町二ノ二
電話　〇三 - 三二五二 - 三一一一
振替　〇〇一六〇 - 三 - 四七七九九
https://www.hayakawa-online.co.jp

印刷・精文堂印刷株式会社　製本・株式会社フォーネット社

ISBN978-4-15-031431-6 C0193

本書は活字が大きく読みやすい〈トールサイズ〉です。